Story of indomitable will : Rama Pandey's 'Lallan Miss' is a straightforward narrative of the heroic struggle of a transgender.

Diwan Singh Bajeli
The Hindu, Friday Review

किन्नर के संघर्ष को दिखायेगा 'लल्लन मिस'।

लल्लन मिस एक हिजड़े की वास्तविक जीवन की कहानी पर आधारित है, जिसने सामाजिक पूर्वधारणा की दीवारों को तोड़कर झुग्गी बस्तियों के बच्चों के लिए एक स्कूल का निर्माण किया, ताकि उनका एक बेहतर 'भविष्य' बन सके। चौवालीस वर्षीय राजकुमारी जिसे लल्लन हिजड़ा के नाम से भी जाना जाता है ने पटना में इस स्कूल का निर्माण किया। भू-माफिया की धमकी के बावजूद उसे अभी भी स्कूल चलाने की इच्छा थी। स्कूल चलाने के पन्द्रह साल बाद, लल्लन को भू-माफिया से स्कूल खाली करवाने के लिए धमकियाँ मिलनी शुरू हुईं और बाद में भू-माफिया द्वारा स्कूल को जला दिया गया। इतना होने के बावजूद लल्लन क्षेत्र के अन्य सक्रिय भागीदारों के साथ मिलकर स्कूल का पुनर्निर्माण कराने की कोशिश करती है।

राजकुमारी इस नाटक के बारे में बताती हैं, "नेताओं और ग़ैर-सरकारी संगठनों द्वारा लम्बे वादों के बावजूद, स्कूल पूरी तरह से गायकों और नृत्य के माध्यम से अर्जित धन पर चल रहा था। निःशुल्क ट्यूशन, किताबें और भोजन (शनिवार को खिचड़ी) के साथ, स्कूल का बजट लगभग 46,000 रुपये का आता है, जो जीवनयापन के लिए बहुत ही कम था। शुरू में, नेताओं ने स्कूल के लिए सरकारी ज़मीन देने का वादा किया था, लेकिन समय के साथ, यह वादा भी उनके बाक़ी चुनावी वादों की तरह भुला दिया गया था।"

स्कूल के पुनर्निर्माण (लगभग चार साल बाद) के बाद भू-माफियाओं ने जवाबी कार्रवाई की और इस बार लल्लन को जान से मारने की धमकी दी गयी और अन्ततः बुलडोजर से स्कूल को तहस-नहस कर दिया जिसने लल्लन को मानसिक रूप से मार डाला। लेकिन उसने हार नहीं मानी, यह नाटक लल्लन की कभी न असफल होने वाली भावना को दर्शाता है जो हमें जीवन में चीज़ों को प्राप्त करने के लिए चुनौती देता है और प्रोत्साहित करता है।

निर्देशक रमा पाण्डेय नाटक पर अपना मत रखते हुए मानती हैं, "यह नाटक मेरे जीवन की सबसे कठिन चुनौती है, मैंने अपने जीवन के अनुभवों में लल्लन और अन्य हिजड़ों के जीवन को बुना है। मैंने एक दिलचस्प नाटक शैली में गम्भीर कहानी को चित्रित करने की चुनौती ली है, जिसके लिए मैं 'भपंग' एक पुराने लोक माध्यम का भी उपयोग कर रही हूँ।"

लल्लन मिस

रमा पाण्डेय

वाणी प्रकाशन

वाणी प्रकाशन

4695, 21-ए, दरियागंज, नयी दिल्ली 110 002

फ़ोन : +91 11 23273167 फ़ैक्स : +91 11 23275710

शाखाएँ

अशोक राजपथ, पटना 800 004, बिहार

कॉफ़ी हाउस कैम्पस, महात्मा गांधी मार्ग, इलाहाबाद 211 001, उत्तर प्रदेश

महात्मा गांधी अन्तरराष्ट्रीय हिन्दी विश्वविद्यालय, वर्धा 442 001, महाराष्ट्र

सुल्तानिया रोड, मोतिया पार्क, भोपाल 462 001, मध्य प्रदेश

www.vaniprakashan.com
marketing@vaniprakashan.in
sales@vaniprakashan.in

LALLAN MISS
by Rama Pandey

ISBN : 978-93-90678-67-9
Play

पेपरबैक प्रथम संस्करण 2021

मूल्य : ₹ 175

थॉमसन प्रेस (इंडिया) लि. में मुद्रित

वाणी प्रकाशन का लोगो मक़बूल फ़िदा हुसेन की कूची से

ये किताब मेरा सलाम है लल्लन जैसे उन सभी किन्नरों को, जो समाज से ठुकराये जाने के बाद भी इस समाज को कुछ सार्थक दे जाना चाहते हैं ताकि उनके निरर्थक जीवन को कुछ तो अर्थ मिले।

रमा पाण्डेय

आभार

मैं आभारी हूँ विख्यात लेखक, पत्रकार श्री विकास कुमार झा की, जिनके सहयोग एवं प्रेरणा के बगैर लल्लन की कहानी न कभी दुनिया में आती और न ही रंगमंच पर जीवन ही पाती।

रमा पाण्डेय

अन्तर-कथा

हर कथा अन्तर से ही उपजती है और उसका लक्ष्य दूसरे के अन्तर तक पहुँचना भर होता है। ऐसा मेरा मानना है फिर चाहे वो मंच हो, फ़िल्म हो, टेलीविज़न हो। हर बार मेरा अन्तर संवेग संवाद में बदलता जाता है। 50 से अधिक नाटक का लेखन जीवन के अनुभवों की सियाही की देन है, पर नितान्त निजी अनुभव पर आधारित *लल्लन मिस* पहला ऐसा नाटक है जिसने क़लम को कैमरा बनाकर मुझे ही सामने शीशे में उतार दिया।

एक विचित्र नाटक है यह। जहाँ मैं ख़ुद को, ख़ुद की नज़र से देखकर, ख़ुद के शब्दों में, ख़ुद की क़लम से औरों के सामने खोल रही हूँ।

मिस लल्लन नाटकीय तकनीक की दृष्टि से भी एक अभिनव प्रयोग है। फ़िल्म डायरेक्टर होने और 15–16 छोटी–बड़ी फ़िल्मों की प्रोड्यूसर होने के नाते मेरा कैमरा लगाव अनोखा, अनूठा है। सच कहूँ तो कैमरा ही मेरी क़लम रहा है या मेरी क़लम कैमरे के लिए ही लिखती रही है इसीलिए सीरियल और डॉक्यूमेंट्री फ़िल्म बनाना मेरी विशेषता रही है पर रंगमंच मेरे ख़ून में, मेरे जुनून में होने के बाद भी अपने 60 साल से अधिक आयु के जीवन में मंच पर मैंने *लल्लन मिस* जैसा प्रयोग नहीं देखा। मंच पर कभी भी स्वयं लेखक द्वारा किरदार बनकर अपनी ही जीवन कथा को सीधा दर्शकों तक पहुँचाने का यह प्रयोग देश–विदेश में भी मैंने नहीं देखा। इस लिहाज़ से किन्नरों का मेरे जीवन पर छाप छोड़ने वाला यह अनुभव अनदेखा–अनजाना है। अपने जीवन की परतों को किन्नर जीवन की परतों के साथ खोलते हुए मैंने उसी सहज लज्जा, संकोच और बेशर्मी का साथ–साथ अनुभव किया जिस लज्जा, संकोच और बेशर्मी का अनुभव हम किसी किन्नर के लहंगा उठाते समय महसूस करते हैं।

लहँगे के भीतर छिपा एक रुद्धन, एक शून्य जीवन, एक बेरहम समाज, एक असहाय वेदना, एक मरी हुई संवेदना।

और इस तरह राह में मिला हर पत्थर, हर कंकड़ मेरा साथी बनता गया। किन्नर, हिजड़े, ट्रांसजेंडर कुछ भी कह लीजिए इन लिंगविहीन किरदारों को मेरे नाटक का हिस्सा बनाना तो उसी वक़्त तय हो गया था जब मेरे बचपन में ही मैंने इनका आकर्षण देख लिया था और जान लिया था कि क्षणिक आकर्षण के बाद ये अनोखे लोग कैसे इस्तेमाल की हुई कागज़ की प्लेटों की तरह तथाकथित भद्र घरों से बाहर फेंक दिये जाते हैं। शगुन के लिए बधाई देने आये शगुन ख़त्म होते ही बाहर फेंक दिये जाते हैं।

बहुत अच्छा लगा था जब सात बहनों के बाद जन्मे भाई की बधाई देने ये हमारे आँगन में आये थे, बहुत अच्छा नाचे थे, बहुत अच्छा गाया था, मुझे बहुत पसन्द आया था, इतना पसन्द कि मैं उनकी तरह होना चाहती थी और इस चाह पर दादी से थप्पड़ भी खाया था और बुआ से गाली भी। और फिर उन्हें अपने घर से अपमानित होकर जाते हुए भी देखा था शायद उसी दिन नींव पड़ गयी थी इस नाटक *लल्लन मिस* की।

लल्लन मिस नाटक में मेरे जीवन की चार विधाओं का निचोड़ है। रेडियो, रंगमंच, टेलीविज़न एवं फ़िल्म व लेखन। ये पहला ऐसा नाटक है जिसमें थियेटर में मैंने फिल्मी डाक्यू ड्रामा की तकनीक का प्रयोग किया है। सभी घटनाएँ कभी–न–कभी मेरे जीवन से यूँ लिपटी रहीं जैसे किसी गीली इमारत से जंगल बेल लिपट जाती है और छुड़ाये नहीं छूटती। मेरा दूरदर्शन के लिए किन्नरों पर एक सजीव डॉक्यूमेंट्री बनाने का असफल प्रयास, सोनल किन्नर का दिल्ली की एक सड़क पर अचानक मुझसे टकरा जाना और एक रिश्ता क़ायम कर लेना शायद आसमानी वरदान था। सोनल और मेरे बीच क़ायम हुए रिश्ते की राह से मुझे लल्लन मिली। किन्नरों के अधूरे फ़साने का वो आख़िरी सफ़ा जो मुझे *लल्लन मिस* नाटक को लिखने के लिए उकसा गया। मजबूर कर गया लफ़्ज़ का इस्तेमाल नहीं करूँगी क्योंकि मैंने ये नाटक रातों को जागकर बड़े प्यार और सम्मान से उन किन्नरों को ख़िराज़े अकीदत यानी श्रद्धा भाव से समर्पित किया है जिन्हें समाज ठुकराता है। पर वो समाज को नहीं ठुकराते। लल्लन की कहानी रमा पाण्डेय की ज़ुबानी है।

लल्लन मिस मेरे रंगकर्म पथ से बटोरे हुए फूलों की वो माला है जिसे मैंने सम्मान किन्नरों के गले में डाला है ताकि और कुछ नहीं तो उनका गीत ही गाकर किन्नरों के नाटक के रूप में आप सबको सुना सकूँ, दिखा सकूँ।

सज गयी आज मेरी लल्लन चुनर गोटे में...

रमा पाण्डेय

पात्र परिचय

नोट : सभी कलाकार दो से तीन पात्रों का अभिनय करेंगे इससे पात्र संख्या सीमित रहेगी।

कोरस	दो गायक
सूत्रधार व बड़ी	
रमा पाण्डेय	आयु 55 वर्ष
किन्नर	
लल्लन	आयु 40 वर्ष
सोनल	आयु 25 वर्ष
काली	आयु 40 वर्ष
सलमा	आयु 35 वर्ष
कमला	आयु 35 वर्ष
गुरु माँ	आयु 70 वर्ष
सात बच्चे	आयु 6 से 10 वर्ष
छोटी रमा पाण्डेय	8 साल की लड़की
दादी	65 वर्ष
बाबा	70 वर्ष
ननद	30 वर्ष
देवर	20 वर्ष
दो पड़ोसन	30 से 40 वर्ष

पुलिस कांस्टेबल	25 वर्ष
ड्राइवर	40 वर्ष
स्कूल मास्टर	22 वर्ष
प्रॉपर्टी डीलर	45 वर्ष
तीन गुण्डे	22 से 40 वर्ष

सीन-1

कोरस

पानी–सी बहती
हर एक ज़िन्दगानी है।
हर एक ज़िन्दगानी
में छिपी हुई कहानी है
कहानी दी ज़िन्दगानी है
ज़िन्दगानी ही कहानी
लल्लन की ज़िन्दगानी भी
ऐसी ही कहानी है

एक स्वर : अरे, पर इस कहानी को कहने वाला है कौन...
दूसरा स्वर : अरे वही जिसने देखी ये ज़िन्दगानी है
लल्लन की कहानी
रमा पाण्डेय की ज़ुबानी है
लल्लन–लल्लन मिस–लल्लन

सीन-2

रमा पाण्डेय (सूत्रधार) : जी हाँ, मैं ही रमा पाण्डेय—आप शायद मुझे जानते हों या

: नहीं भी जानते हों। फ़र्क़ क्या पड़ता है पंजाबी में कहते हैं न की फ़र्क़ पैंदा सी...हूँ तो मैं वो बस दो आँखें—जिसने लल्लन की कहानी को सड़कों पर से गुज़रते देखा, घटनाओं को घटते देखा—लल्लन को या उस जैसों को जीवन धार में डूबते—उबरते देखा; लेकिन ठहरिए एक ग़लती हो गयी है। आपको कहानी सुनाने के उतावलेपन में मैं जोश में होश खो बैठी। यह कहना ग़लत होगा, सरासर ग़लत कि लल्लन जैसों की, क्योंकि सच तो यह है कि लल्लन जैसा दूसरा कोई है ही नहीं, हुआ ही नहीं, था ही नहीं—जो अगर होता तो ये नाटक भला क्यूँ होता—

कहाँ से शुरू करूँ—वहाँ से जहाँ 3 साल पहले दिल्ली के भीकाजी कामा पैलेस के चौराहे पर लल्लन नहीं सोनम खड़ा था; नहीं खड़ी मिली थी।

सीन-3

रमा : *(सड़क पर)* ड्राइवर हो कि पजामा–सड़क पर तमाशा बना दिया मेरा *(किनारे खड़ी झल्ला रही है)* घर से हवा–पानी चैक कर क्यूँ नहीं चलते.....टायर पंक्चर किया अब स्टैपनी में भी हवा नहीं। अब मैं ये तामझाम सब पहनकर सड़क पर खड़ी हूँ शो के लिए लेट हो रही हूँ। आज तुम घर चलो। तुम्हें नौकरी से न निकाला तो कहना।

ड्राइवर : देखिए मैडम जी पंक्चर मैंने किया नहीं, हो गया है। स्टैपनी बूढ़ी है, अब इसको चढ़ी जवानी बुड्ढी न समझकर वापस नहीं लगाया जा सकता। शो आपका लाइव नहीं है शो की रिकॉर्डिंग है और आप ही तो प्रोड्यूसर हो चलेगा–और रही आख़िरी बात कि नौकरी से निकाल देंगी। तो आज को मिलाकर 7 साल में ये 175वीं धमकी है। अब जनाब आप 25 बार और निकाल दें तो मेरी भी विराट कोहली की तरह डबल सैंचुरी हो जाये।

रमा : *(झल्ला के)* इतनी गर्मी में सड़क पर बिछे डामर की तरह पिघल जाऊँगी–

सोनल किन्नर : *(पीछे से)* पिघलें आपके दुश्मन। नज़र न लग जाय आपको। ग़ुस्सा ना करो मेरी दीदी–शुकर करो...

[पलट के पीछे देखती है तो सोनल हिजड़े को खड़ा पाती है कुछ बोलना ही चाहती है कि सोनम पीछे से गाती है]

सोनल : सज गयी अरे मेरी माँ चुनर गोटे से–बड़ी ही सुन्दर लग रही हो मेरी दीदी तुम्हारी बिन्दी पे मैं हर जान क़ुरबान–मेरी कोकिला–

रमा : अरे तुम मुझे दीदी और कोकिला–न जाने क्या–क्या कह रही हो–मैं परेशान हूँ, हैरान हूँ।

सोनम : शुकर करो रब का दीदी कहीं जंगल में गाड़ी नहीं खड़ी। शुकर करो रब का किसी लुटेरे के हाथों नहीं पड़ी। शुक्र करो रब का इतनी ख़राब भी नहीं ये घड़ी फिर तुम मेरी कोकिला रानी क्यों ग़ुस्सा करने पर अड़ी... चलो हँसो, हँसो।

रमा : *(अचानक ज़ोर से हँस पड़ती है और सोनम से कहती है)* ये इतनी मीठी बातें बनाना कहाँ से सीख लिया। तुम लोग तो इतना मीठा बोलते ही नहीं।

सोनम : मीठे लोगों के सामने मीठा बोलना अपने आप आ जाता है। कड़वा तो हम तब बोलते हैं जब कोई हमें सताता है। चलो जी कोकिला–अब बधाई दे दो–

रमा : अरे...इस समय किस बात की बधाई?

सोनम : देखो न तुम्हारी कार का टायर चढ़ गया–सड़क खाली हो गयी ट्रैफिक इधर से उधर हो गया–अब तुम हो जाओगी कार में बैठकर फुर्र–ऽ ऽ और हम दिन, साईत और ज़माने का इन्तज़ार करेंगे तो बताओ मेरी चन्द्रप्रभा हम खायेंगे क्या? अब तो बच्चे भी लोगों के 1–1 हो रहे हैं सब बन्द–नोट बन्द–काम बन्द–बच्चा बन्द–हम लोग क्या करें...में गुफ़ा बन्द–और पंखे से लटक जायें...

रमा : पंखे....कर लोगी–लटकोगे–नहीं लटकोगी...
अब नाम क्या है तुम्हारा–क्या पुकारूँ तुम्हें?

सोनम : पुकारो, मेरा नाम लेकर पुकारो। मुझे कम–से–कम अपनी ख़बर मिल रही है। सोनम है मेरा नाम–जो नज़र आ रही है दीदी वही–हिज़ड़ा...हँसी–नहीं लड़की–नहीं लड़का नहीं अब भी नहीं–भगवान जी का लगाया तड़का–

सोनम : पर अभी तो हूँ कड़का...

रमा : बहुत हँसती हो तुम। सोनम बस ऐसे ही ख़ुश रहो ...ये लो 100 रु....

सोनम : लोग हिज़डों से आशीर्वाद लेते हैं दीदी–उन्हें दुआ नहीं देते–हम मुजस्मन बद्दुआ हैं।

हर दुआ अपनी बचा लो
एक उमर है जो काटनी है
कह सको तो रब से कह दो
इनको जल्दी ऊपर बुला लो....

इस मददुए बदन से छुटटी तो मिले
बाई बाई कोकिला...मेरी चन्द्रप्रभा
मेरी बिन्दी वाली दीदी

ड्राइवर : मैं इतनी देर से खड़ा हूँ। कार तैयार है अब देर भी हो रही है–लगता है अब इसकी ज़िन्दगी भी मैडम के कैमरे में क़ैद होगी–किस्मत बाक़ी है–चलिए मैम...

रमा : ये कितना मीठा बोलती है–जाने पढ़ी–लिखी है या नहीं–जाने कहाँ से आयी...

ड्राइवर : आयी कहाँ से ये तो पता नहीं पर सर्दी–गर्मी में इसे यहीं खड़ी देखता हूँ। आपने आज नोटिस किया–अब तो ये भीख माँगने पर उतारू हो गयी ...पहले देते थे गा–नाचकर बधाई–देखो कैसे झट से 100 रु. झटक लिए।

रमा : उसने झटके नहीं, मैंने दिये और आगे भी अगर गाड़ी इस रास्ते से गुज़री और ये सोनम यहीं खड़ी मिली तो मैं हर बार सौ रुपये दूँगी, दूँगी और दूँगी, तुझे जलना है तो जल वरना सीधा गाड़ी की तरफ़ चल।

ड्राइवर : हमें क्या ख़ज़ाना लुटा दीजिए इन हिजड़ों पर, पर ये मेरे जैसे वफ़ादार ड्राइवर कभी नहीं बन पायेंगे।

सीन-4

भपंग : तीन साल चला रे भैया, अजब बड़ा चक्कर...
रमा जी की मोटर आये, रुक जाये चौराहे पर...
भगती भगती सोनम आये, खुल जाये मुकद्दर...
हिजड़े से दोस्ती का, नया चला चक्कर...
रमा जी ने ख़ूब लुटाये, नोट फर्र–फर्र...
ये नोट देख के, जल गया उनका ड्राइवर...
या दुनिया में देखो हो रही टर्र–टर्र...

सीन-5

रमा (सूत्रधार) : और इस तरह से सोनल से...यूँ अचानक सड़क पर हुए हादसे ने *लल्लन मिस* नाटक को जन्म दिया–इससे पहले इस बारे में इतनी गहराई से जानने, समझने, सबसे बढ़कर परखने का मौक़ा ही नहीं मिला। अपने बचपन की पहली याद में इन्हें अपने घर आया तब देखा जब बड़ी मन्नतों से माँगा सात बेटियों के बाद मेरा भाई हमारे आँगन में जन्मा। फिर तो अनन्त बधाइयों का अंबार लग गया–भैय्या की छठी होने तक हर रोज़ ये लोग बधाई देने आते ...आ...ये लोग माने–ये–हिजड़े–ये छक्के–अलग–अलग टोलियों में आते और ख़ूब धमाल मचाते बहुत ही अच्छा नाचते मोहक–मनभावन बधाइयाँ देते...

सीन-6

[शोर–शराबा घर का आँगन हिजड़े आये हैं–घर में लोगों की चहल पहल है।]

तेरे गोरे–गोरे गालों पे घूँघर वाले बाल
मख़मल का कुर्ता टोपी और जड़े हैं लाल...

कनक (हिजड़ा) : *अरे बधाई बड़ी बधाई*
मुश्किल से ये शुभ घड़ी आयी
आज तो सोना पहने बिना ना लौटूँगी
मेरी...बन्नो ने जाये पूत
नज़रिया कोई न लगाये...
अनत बधावो दशरथ घर बाजे
कौशल्या ने राम चन्दर जाये
नजरिया न कोई लगाये
लाओ लल्ला मेरी गोदी में देओ।

दादी : अरे छठी की रसम चल रही है तू...लल्ला न दूँगी गोदी में।

कनक : तो बधाई अधूरी रहेगी–मैं लल्ला गोद में लिए बिना न कुछ लूँगी न टलूँगी–ऐसे ही बैठी रहूँगी–तुम रसम पूरी कर लो...

ननदी : बड़ी जिद्दन है री तू! मान जा देर हो जायेगी।

कनक : ज़िद से–अरे हिजड़ों को क्या देर–सवेर मैं तो दी बैठूँगी–गाऊँगी, तुम्हें गारी दूँगी।
बजाओ रे ढोलक–
ननदिया छिनार कुर्ता टोपी लायी–

कुर्ता भी लायी और टोपी भी लायी–
वो दर्जी उसका यार, उसे संग ले के आयी

ननद : अरे मरी! तू खड़ी मर जा क्या...है–

बड़ी भाभी : सही गाया ज़रा जिज्जी को दो–चार और सुनाओ ये लो सौ रुपये नज़र के–लगाओ ठुमका–ज़रा ज़ोर से, ननदोई तक आवाज़ सुनायी पड़े। जिज्जी कौर से यार संगी...है

अन्दर से बाबा जी आते हैं ये लो 5 सौ रुपये और मज़े करो।

कनक (हिजड़ा) : अरे ओ बाबाजी, किसको दिखाते हो, ये रखो अपनी जेब में, ये तुम पर वार देती हूँ। इतने बरस बाद घर में पोता हुआ, बाबा दिखा रहा है कंजूसी। मैं ग्यारह हज़ार से कम न लूँगी और मेरी सारी टोली को रेशम की साड़ी–बोलो देतो हो या नहीं–कहकर अपना लहँगा ऊपर उठा लेती है। इतने में दादी दौड़कर आती हैं कनक (हिजडे) को रोकती हैं। रहने दो रहने दो तमाशा नहीं करो मैं दूँगी सबको, जो माँगा सब कुछ दूँगी, चलो नाचो–गाओ।

बाबा : हम तो बाबा की पालकी निकालेंगे तभी बाबा देंगे पैसा *(शोर मचा–हाथी घोड़ा पालकी जय कन्हैया लाल की)* बाबा नीचे उतर आते हैं और दो हज़ार का नोट देते हैं।

[सारी औरतें हँसी से लोटपोट हो रही हैं। बच्चा लाया जाता है। बधाई गाती हिजड़ों की टोली बच्चे का कुर्ता झाँक कर देखती हैं]

जगत में मच गया हल्ला
पाण्डे घर हो गया लल्ला
बजी है ख़ूब शहनाई
गा रहे सब बधाई

दादी : कनक, तुम भी क्या याद रखोगी ये तुम्हारी अँगूठी और ग्यारह हज़ार रुपये–ये सबकी 5 साड़ी।

कनक : दादी ख़ुश कर दियो और बुआ जी तुम तो बटुआ खोलो–तुमसे 3 हज़ार से कम न लूँगी–और जंगल में सियार बोले हुआ–हुआ पेट में से बच्चा बोले बुआ–बुआ।

सीन-7

[सब शान्त है। दादी बैठी है रमा छोटी–सी है फ्रॉक पहने हिजड़े का डांस कर रही है जंगल में सियार बोले हुआ–हुआ पेट में से बच्चा बोले बुआ–बुआ]

दादी : (डाँट के)–चुप शैतान, ये गाना तुम नहीं गाओ।

रमा : क्यूँ नहीं गाऊँ, अभी हिजड़ा आंटी जो गा के गयीं तो तुमने ख़ूब पैसे दिये, वो ख़ूब ख़ुश होकर गयीं–तुम तो ताली बजा–बजा कर हँस रही थीं बुआ–

दादी : चुप शैतान–ये गाने सिर्फ़ वो लोग ही गाते हैं हम नहीं गा सकते–वो हिजड़े हैं।

रमा : तो हम क्यों नहीं हिजड़े हो सकते...दादी मुझे हिजड़ा बनना है।

दादी : चुप हो जा नासपीटी–ज़ुबान है कि तलवार–बड़ी मुश्किल से 7 बेटियों के बाद कुलदीपक हुआ है तो ये मरी कुलच्छिनी हिजड़ा होने को तैयार बैठी है–चुप नहीं तो चिमटा खींचकर मारूँगी।

रमा : अच्छा एक बात बताओ–हमारे घर बच्चा हुआ तो हिजड़ों ने गाया, जब हिजड़े पैदा होते हैं तो कौन बधाई देने जाता है।

दादी : इन नासपीटे अभागों के घर कोई नहीं जाता वो तो रात के अँधेरे में अपना बच्चा कूड़े के ढेर पर फेंक आते हैं जैसे उनके घर कभी बच्चा पैदा ही नहीं हुआ।

सीन-8

रमा : वो दिन हवा हुए जब पसीना गुलाब था। उस दिन के बाद मैं ज़िन्दगी में कभी दुबारा तब तक इस हिजड़ा कहलायी जाने वाली क़ौम से दो–चार नहीं हुई जब तक मैंने अपनी एक झुग्गी–झोपड़ी बस्ती की शूटिंग के दौरान इन्हें वहाँ एक कोने में अलग–थलग बसे नहीं देखा। देखकर मन में कौतूहल जागा कि यार इनके बारे में डॉक्यूमेंट्री बनायें तो शायद अवॉर्ड विनिंग डॉक्यूमेंट्री बन जाये। मसूदपुर की बात है, जी हाँ, तब तक मैं बड़ी हो गयी थी हॉलैंड से टीवी प्रोड्यूसर की ट्रेनिंग लेकर लौटी थी और दूरदर्शन में नौकरी कर रही थी। हिजड़ा तो नहीं बनी पर प्रोड्यूसर–डायरेक्टर ज़रूर बन गयी थी। सरकारी संस्थानों में आप सब कुछ बॉस की हाँ पर ही कर पाते हैं। इसलिए मैंने अपने स्टेशन डायरेक्टर से कहा–सर ये बहुत क्रिएटिव और धाँसू आइडिया है मुझे इजाज़त दें और बजट ग्रांट करे।

रमा : सर ने मुझे ऊपर से नीचे तक देखा...बोले मालूम है ये कौन हैं, समाज इन्हें कैसे देखता है।

रमा : मैंने कहा–नहीं सर, तभी तो जानना चाहती हूँ, समझना चाहती हूँ, समाज को दिखाना चाहती हूँ ...सर दिस विल क्रिएट हिस्ट्री, सर बोले–हिस्ट्री तो क्रिएट हो ही जायेगी जब तुम इनकी बॉडी की ज्योग्राफ़ी जनता को बताओगी, इनके शरीर का

भूगोल सामने लाओगी। वी आर ऐ सोशल टेलीविज़न फ़ैमिली वॉच इट टूगैदर–तुम क्या समझती हो कोई भी परिवार के साथ बैठकर ये प्रोग्राम देखेगे। सिली गर्ल–This is India./... No such investigative Journalism is allowed on Doordarshan where a family can not watch it together मेरी अवॉर्ड विनिग डॉक्यूमेंट्री का ख़्वाब वैसे ही कूड़े में फेंक दिया गया जैसे इन जैसे, लल्लन जैसे हज़ारों बच्चे कूड़े पर फेंक दिये जाते हैं। क्या आपको मालूम है कि हिन्दुस्तान में एक लाख से ऊपर की तादाद में ट्रांसजेंडर बसते हैं।

रमा : क्या यह भी मालूम है कि ट्रांसजेंडर और समलैंगिक दोनों में साफ़–साफ़ भेद है। मुझे तो कुछ भी नहीं मालूम था मैं फ़िल्मों, गीत और अपने सपने को भूलने का यत्न करने लगी–मैं तो एक ख़्वाब हूँ इस ख़्वाब से तू प्यार न कर भूल जा, जाने दे तक़दीर से तकरार न कर कि एक दिन हो गयी–सोनल से टक्कर SSS ड्राइवर से मेरी हो गयी टर्र–टर्र...

सीन-9

यूसुफ : या दुनिया में देखो हो रही टर्र–टर्र।
शहर में जाओ तो मिले कलक्टर
बस में बैठो तो मिले कंडक्टर
इन सब के ऊपर मिले मिनिस्टर
या दुनिया में हो रही टर्र–टर्र
एक दिन भीकाजी कामा में रमा
की गाड़ी हो गयी पंक्चर
ड्राइवर से हो गयी टर्र–टर्र
इतनी–सी बात में हो गयी भर्र–भर्र

सीन-10

रमा : फिर एक दिन हो गया हंगामा
जैसे भूकम्प आ गया हो।
भीकाजी कामा पैलेस में चौराहे पर लगे जाम में सभी कसमसा रहे थे। भारी जाम था लाल बत्ती, हरी बत्ती, पीली बत्ती के जाने कितने दौर चले, पर ट्रैफ़िक था कि हिल कर नहीं दे रहा था। अचानक ड्राइवर बोला–

सीन-11

ड्राइवर : मैडम माफ़ी चाहता हूँ ज़रा ज़ोर की लगी है।

रमा : कहाँ लगी है? ये गाड़ी मेरी खड़ी है, तुम भी अन्दर ठीकठाक हो कहाँ लगी, किसे लगी, कब लगी।

ड्राइवर : लेडी पैसेंजर के साथ यही हमको मुश्किल हो जाती है मैडम, अब सवाल का जवाब दूँ कि बाहर हो आऊँ!

रमा : इस ट्रैफ़िक में बाहर क्या चाँदनी रात है जो टहलने जा रहे हो–गये तो पीछे वाले हॉर्न बजा–बजाकर तुम्हारा बैंड–बाजा बजा देंगे...चुप करके बैठे रहो।

ड्राइवर : मैडम, ट्रैफ़िक खुला भी तो हमारे चलने नहीं, रेंगने का नम्बर भी 10 मिनट से पहले नहीं आयेगा। मैं बस यूँ गया और यूँ आया–मैडम, अब नहीं पूछना कहाँ जा रहा हूँ, वो देखो वहीं जा रहा हूँ जहाँ वो आगे–आगे पुलिस वाला और पीछे–पीछे सोनल जा रही है *(अचानक छोटी उँगुली उठाकर)* जाऊँऽऽऽ

रमा : Oh my God–This is not done.
सत्यानाशऽऽऽ हो इस ट्रैफ़िक का

[मुड़कर देखती है तो सुलभ शौचालय की तरफ़ तीन लोग भागते नज़र आते हैं। एक हवलदार, पीछे सोनल, उसके पीछे ड्राइवर]

सोनल : ठाड़े रहियो ओ बाँके यार *(हाथ में उसके थैली है)*

हवलदार : जल्दी आजा छम्मक छल्लो टैम नहीं है अपने पास।

रमा : दर्शकों की तरफ़ मुड़कर...

आप भी मेरी तरह यही सोच रहे होंगे–
हवलदार को हिजड़े से शौचालय में क्या काम, है न, अजी इस देश में हर चीज़ के दाम हैं और दाम से सबको काम है।

रमा : यहाँ तो हर चीज़ बिकती है। कहो जी, तुम क्या–क्या ख़रीदोगे!
बाबू जी तुम क्या–क्या लाला जी तुम क्या–क्या मियाँ जी तुम क्या ख़रीदोगे।

हवलदार : *(हिजड़े से शाम के दाम वसूल रहा था)*
... –चौराहे पर खड़े होने के दाम, जैसे सड़क उसके बाप की जायदाद है। मेरी बात का विश्वास न हो तो ख़ुद जाकर परखो–वो सड़क, वो लालबत्ती वो समय–जो पुलिस का है ही नहीं।
दिल्ली के हर चौराहे पर माल बेचने वाले या सौदा करने वाले से पैसा वसूलती है। पुलिस सड़क पर खड़े होकर सौदा करने वालों से हर चीज़ के दाम वसूलती है। गुब्बारे, किताब, रजिस्टर, पेंसिल, पापड़ बेचने वाली से लेकर–पैसा माँगने वालों तक सबसे पैसा वसूलती है। क्या भिखारी, क्या काम करते बच्चे और क्या ये हिजड़े सबको आदेश है यहाँ खड़े होंगे तो पुलिस को हफ़्ता दोगे। सोनल शायद यही करने गयी थी पर हंगामा तो बाहर निकलने पर हुआ, जब सोनल ने ज़ोर से दहाड़ा।

सोनल : मैं किन्नर हूँ रण्डी नहीं हूँ–ख़बरदार जो मुझे हाथ लगाया–बधाई माँगना मेरा हक़ है, कोई ज़ुर्म नहीं सड़क पर खड़ी रहती हूँ तो तुम भड़वे उसका भी हफ़्ता लेते हो–मैं बराबर तुझे रुपये देती हूँ फिर भी तू मेरी इज़्ज़त पर हाथ डालता है साले हमें तो ऊपर वाले ने ही किसी काम का बना के नहीं भेजा, न अगले का न पिछले का फिर तू...

फिर तू क्यों मेरे कपड़े फाड़ रहा है हरामखोर! क्यूँ मेरे से बार–बार कह रहा है पीछे से लेने दे–पीछे से...आगे से तुझे पैसे दूँ–और पीछे से...अरे तेरे कीड़े पड़ेंगे नामुराद–तुझे नर्क में भी जगह नहीं मिलेगी *(ज़ोर–ज़ोर से रोती है)*

रमा : क्या हुआ, क्या किया इसने–तू क्यूँ पैसे दे रही है और ये कौन है?

ऐ हवलदार–से अपनी आईडी दिखाओ मैं कमिश्नर साहब की पत्नी हूँ अभी तुम्हें थाने भिजवाती हूँ।

हवलदार : *(घिघियाता हुआ)* आप किसकी बातों में आती हैं–ये हिजड़े महाचोर लुच्चे हैं, चलती गाड़ी से सामान उठाते हैं, राहगीर को लूटते हैं।

रमा : तुमने इसे छुआ क्यों, रुपये क्यों लिए, जवाब दो।

हवलदार : मैंने तो लूट का माल वापिस लिया है और दो–चार–बेल्ट जमायी है, लातों के भूत बातों से नहीं मानते, इन हिजडों की कोई इज़्ज़त नहीं होती–ये अब भी बनेंगे–आप कुछ बोलोगे तो भी। अभी कपड़ों का रोना रो रही है–पैसे नहीं दोगी आप तो ख़ुद ही सब खोलकर खड़ी हो जायेगी–चल भाग यहाँ से दूँगा एक लात, साली कल से यहाँ खड़ी हो के दिखाना–मेरा नाम लाल सिंह नहीं अगर तुझे मसूदपुर से ही उठवा के न फिंकवाया तो बोलना।

सोनल : तू क्या फिंकवायेगा हरामी के पिल्ले। मैं दिल्ली ही छोड़ जाऊँगी–कमीने–तुझे दोज़ख मिलेगी, तू हम ग़रीबों को सताता है। जाओ दीदी, तुम कार में बैठो।

ड्राइवर : मैडम प्लीज़ कार में बैठिए–साहब सुनेंगे तो नाराज़ मुझ पर होंगे कि तूने उतरने क्यों दिया–आपके हाथ जोड़ता हूँ ये निपट लेंगे एक–दूसरे से–ट्रैफ़िक चल निकला है बैठिए–बैठिए।

सीन-12

रमा : उस घटना का मुझ पर गहरा असर पड़ा। मैंने चाणक्यपुरी थाने में फ़ोन कर एस.एच.ओ. को पूरी बात बतायी और कहा उस बीट कांस्टेबल को वहाँ से हटा लो—एस.एच.ओ. ने कहा आप कहती हैं तो ड्यूटी बदल दूँगा—पर आप भी किनकी बातों में आ गयीं ये रूटीन झगड़े हैं। आप भी हिजड़े की तरफ़दारी में ड्यूटी वाले सिपाही की शिकायत कर रही हैं।

रमा : मैंने कहा—क्यूँ हिजड़े इन्सान नहीं होते—पुलिस वाले भगवान होते है। आपसे जो शिकायत की है कहें तो लिखकर दे दूँ—फिर एफ.आई.आर. मान ली जायेगी। एस.एच.ओ ने कहा नहीं—नहीं उस सबकी ज़रूरत नहीं है—मैं ड्यूटी बदलवा दूँगा। एस.एच.ओ. ने राच में बीट कांस्टेबल बदल दिया—पर ये क्या सोनल नज़र नहीं आयी—6 महीने तक गाड़ी आती रही, जाती रही—न तो कांस्टेबल मिला न सोनल। ड्राइवर बोला चलो पीछा छूटा—600 रुपये भी बचे ...आप ज़्यादा ही ध्यान देने लगी थीं पर एक बात सच है बोलती बड़ा प्यारा थी...बडा नफ़ीस ज़ुबान थी उसकी—

सीन-13

भपंग : तीन साल चला रे भैया, अजब बड़ा चक्कर...
रमा जी की मोटर आये, रुक जाये चौराहे पर...
भगती–भगती सोनम आये, खुल जाये मुकद्दर...
हिजड़े से दोस्ती का, नया चला चक्कर...
रमा जी ने ख़ूब लुटाये, नोट फर्र फर्र...
ये नोट देख के, जल गया उनका ड्राइवर...
या दुनिया में देखो हो रही टर्र–टर्र...

सीन-14

रमा : हिजड़ों में ज़ुबान की नफ़ासत या शालीन संस्कार होना आज आपको अटपटी बात लगती है लेकिन एक जमाने में हिजड़ों या किन्नरों को संस्कृति का गढ़ कहा जाता था। स्वयं ऋग्वेद की ऋचा में ऐसा कहा गया है कि ये शिव के गणों में से एक थे। फिर ये किन्नर से हिजड़े कैसे होते चले गये, खुसरे कैसे कहलाये जाने लगे। ये तो ख़्वाजासरा कहलाये जाते थे। इन्हें महलों में, रानियों के हरमों में पहरे पर रखा जाता था। ये हरम के भीतर–बाहर आसानी से आया–जाया करते थे। फिर उस सम्मान के बाद ऐसी दुर्दशा...कौन ज़िम्मेदार है इसका। मैंने कश्मीर की एक शादी में इनका मान–सम्मान देखा। मुझसे कहा गया कि यहाँ तो शादी के रिश्ते किन्नर ही तय करवाते हैं, क्योंकि हर घर में नाईयों की तरह इनका आना–जाना है। इसलिए हर घर की हिस्ट्री और नौजवान लड़के–लड़कियों का पूरा जुगराफ़िया यानी भूगोल इनके पास तैयार रहता है। अभी कुछ दिन पहले ही श्रीनगर में हुई शादी में यह नज़ारा देखने को मिला। नफ़ीसा जान नाम की हिजड़ा सबको लड़की के घर भेजे जाने वाले दहेज की नुमाइश कराने के लिए महिलाओं की महफ़िल में आयी।

रमा : वो भी मुझे कोकिला बोली तो मैं चौंक गयी ये कैसे हो सकता है कि सोनल और नफ़ीसा दोनों हज़ारों मील दूर बैठकर बोल रही हैं वही मिठास घोल रही हैं उन्हीं लफ़्ज़ों का इस्तेमाल कर रही हैं तो पता चला कि कोकिल कण्ठ न हो पाने का दर्द संस्कृत से आया है किन्नरों का शरीर पुरुषों–सा और लिंग किसी के जैसा भी नहीं...कण्ठ मर्दों जैसा मन औरतों जैसा, जैसे इनकी रचना करते समय भगवान को नींद आ गयी हो अब...दिया कुछ रचना भूल गये।

सीन-15

[शादी का सीन...कश्मीरी शादी का सीन]
बहुत सारी औरतें गोल घेरे में शादी का गीत गा रही हैं—महाराजा ओ महाराजा *(महाराजा माने दूल्हा)* बीच में ही नफ़ीस जान हिजड़ा आ जाता है। दहेज का सामान सब दिखाकर बख़्शीश लेने के लिए सबसे मज़ाक़ कर रहा है। ओ मेरी मोटी ख़ाला आज तो ख़ज़ाना लुटा दे। ओ मेरी फूफ़ीजान आज तो गले की बहार अलग है ला—ला सौ रुपये। ओ चची जान—महाराजा के महाराजा ओ महाराजा ओ।

[तब तक कुछ लोग बाहर से आते हैं]
महाराजा सेहरा बाँधकर बाहर निकल गये हैं चलो सलाम गोओ *(कश्मीरी गीत)* ओ सलाम ओ सलाम...

सीन-16

ड्राइवर : मैडम आज कमाल हो गया—सोनल दिखायी पड़ी—वहीं, उसी चौराहे पर, मैं तो पहचान ही नहीं पाया। वो ही गाड़ी की तरफ़ दौड़ी आयी बोली—दीदी कहाँ हैं मैं सोनल हूँ...मैडम जी वो तो धर्मगुरु हो गयी है साथ में एक बच्ची थी। बोली—वो मेरी बेटी है।

रमा : क्या बके जा रहा है तू, होश ठिकाने तो हैं। नशा तो नहीं शुरू कर दिया, कभी कहता है सोनल धर्मगुरु हो गयी, कभी कहता है उसके साथ एक बच्ची है। कहाँ रहती है उसका पता—ठिकाना कोई नम्बर लाया है।

ड्राइवर : जी माफ़ कर दें हुज़ूर उसे ही साथ लाया हूँ। बाहर खड़ी है, कहने लगी दीदी से मिले बिना नहीं मानूँगी। तरस गयी दीदार को। तेरी गाड़ी खाली है बिठा ले मुझको कल पटना लौट जाऊँगी। ले आऊँ भीतर या आप बाहर चलेंगी।

रमा : भीतर ले आओ। मैं बाहर अपना तमाशा नहीं बना सकती।

सोनल : *(अन्दर आते ही लिपटकर)* दीदी, मेरी प्यारी दीदी ...इन 10 सालों में भी तुम बिल्कुल न बदलीं, मुझे याद भी नहीं किया, मेरी सुध भी न ली *(रोने लगती है)*।

रमा : अब रोना बन्द कर...तू मेरे पास कौन—सी ख़बर छोड़ गयी थी जो मैं पता लगाती—तू तो ऐसी ग़ायब हुई जैसे सस्ता इत्र हवा में आते ही उड़ जाता है।

सोनल : सस्ती तो मैं हूँ ही, नाम कुछ भी रखो इत्र या चरित्र। हँस देती है।

रमा : पहले ये बता ये क्या रूप धरा है। अब किसकी गुरु बन गयी...ये लड़की कौन है तुम्हारे साथ, कैसे है, ये हिजड़ा तो नहीं लगती...क्या ग़लत...धन्धा

लड़की : रमा आंटी, मेरी सोनल दीदी आपकी बहुत इज़्ज़त करती हैं। हम दोनों आपसे बड़े मन से मिलने आये हैं। आप कैसी बातें कर रही हैं। गुरु माँ सुनेंगी तो बहुत दुखी होंगी। वो तो सोनल दीदी को दिल्ली आने ही नहीं दे रही थीं। ख़ुद आना चाहती थीं पर दीदी नहीं मानीं बोली मैं एडमिशन दिलाकर वापस लौट आऊँगी।

रमा : अरे किसका एडमिशन कहाँ एडमिशन?

सोनल : इस रूपाली का एडमिशन फ़ैशन इंस्टीट्यूट में... फ़ैशन डिज़ाइनिंग का कोर्स करना चाहती है इस को एडमीशन मिल गया है। पटना से आयी हूँ, गुरु माँ की यही इच्छा थी कि उनकी बेटी ख़ूब पढ़े। उन्हीं ने मुझे दीक्षा दी है तब से ऐसे ही रहती हूँ नाचना–गाना छोड़ दिया।

रमा : तो तू पटना में किसी औरत के पास है, जिसे तू गुरु माँ कहती है।

सोनल : हिजड़ों की गुरु माँ औरतें नहीं हिजड़ा ही होती हैं, औरतें तो उन्हें जनम से ही घर से बाहर निकाल देती हैं...मैं पटना वाली लल्लन गुरु माँ की बेटी हूँ। वहीं से मसूदपुर वाली गुरु माँ मुझे दिल्ली लायी थीं ख़रीदकर।

रमा : ख़रीदकर माने...क्या हिजड़े भी ख़रीदे–बेचे जाते हैं। तुम लोग कौन–सी हूर की परियाँ हो।

सोनल : जहाँ हूर की परियाँ बनती हैं वो अल्लाह कब किसी को बेचता है। इन्सान ही ख़रीद–फरोख़्त का मारा शैतान बना घूमता रहता है। ज़रा सोचो दीदी,

जब हिजड़ा ख़ुद पैदा नहीं कर सकते तो एक–दूसरे के घरों से ख़रीद लेते हैं दूसरा हिजड़ा लेकिन पूरी इज़्ज़त के साथ। हमें तो ऐसा ही लगता है जैसे माँ के बाद मौसी के घर आ गये हों। वैसे ही दूसरों के साथ हम सब हँसते–खेलते जैसी गुज़रती है गुज़ार लेते हैं। मुझे शुरू से ही दिल्ली–मुम्बई का शौक़ था सो मैंने ज़िद पकड़ ली लल्लन माँ से मुझे दिल्ली भेज दें बड़े भारी मन से उन्होंने मुझे भेज दिया।

रमा : वाह...क्या माँ थी लड़की बेचकर पैसे ऐंठ लिए, असली माँ होती तो कभी न बेचती।

रूपाली : रमा आंटी...लल्लन माँ को कुछ न कहना, आप उन्हें कितना जानती हैं? उन्होंने ये पैसे अपने स्कूल के लिए लिए थे।

रूपाली : मेरी लल्लन माँ हिजड़ा होकर भी झुग्गी बस्ती स्कूल चलाती थीं। उनका अपना लल्लन झुग्गी बस्ती स्कूल 15 साल तक चला। 7वीं क्लास तक का स्कूल, 700 बच्चे पढ़ते थे उसमें। मर–मरकर उन्होंने हमें बड़ा किया। स्कूल चलाया। बार–बार जिसे किन्नर कहती हो, हिजड़ा कहती हो, वो इन्सानियत की मिसाल है, एक जलती हुई मशाल जो रौशनी फैलाने को तड़पती है। आप बड़े लोग क्या जानेंगे।

सोनल : दीदी के सामने मुँह मत चला। तू जानती नहीं ये कौन हैं। ये ख़ुद एक फ़रिश्ता हैं।

रूपाली : फ़रिश्ते ऐसे होते हैं! जो दूसरे फ़रिश्तों के रिश्तों को नीचा दिखायें...भगवान बचाये ऐसों से, इनसे फिर शैतान ही अच्छे...

सोनल : चुप, बिल्कुल चुप।

रमा : बोलने दे...आवाज़ किसी की बन्द न करो, ये सबसे बड़ा गुनाह है। किसी की ज़ुबान पर ताला लगाना

...अच्छा...मैं माफ़ी माँगती हूँ कि तुम्हारी लल्लन माँ को भला–बुरा कहा...तुम अपनी माँ को इतना प्यार करती हो, तुम्हें तुम्हारी माँ ने जन्म नहीं दिया तो तुम्हें लायी कहाँ से? तुम तो किन्नर भी नहीं? ...कोई तुम्हें दे गया उसे...

रूपाली : जानबूझकर किन्नर को बच्चा तब दिया जाता है, जब वो भी किन्नर पैदा हो, मैं तो किन्नर नहीं, मुझे कौन देता उन्हें, बताओ। मैं तो उससे भी बड़ा अभिशाप थी, बेटी पैदा हुई थी। लड़की के तन की थी, जाने किनकी थी, जाने किस क्षण की थी, पर ये जानती हूँ...नहीं उनके मन की थी। तभी तो कूड़े के ढेर पर फेंक आये थे। मैं एक बच्ची–पता कचरे का डिब्बा।

सीन-17

[अँधेरा छा जाता है]

भंपग : पानी–सी बहती हर एक ज़िन्दगानी है...हर एक ज़िन्दगानी में छिपी हुई कहानी है।
कहानी ज़िन्दगानी, ज़िन्दगानी ही कहानी है लल्लन की ज़िन्दगानी भी ऐसी ही कहानी है।
लल्लन–

सीन-18

रमा : और इस तरह वो जवान लड़की जो सोनल के साथ फ़ैशन डिज़ाइनिंग का कोर्स करने आयी थी, मेरे मुँह पर तमाचा मार कर चली गयी। सोनल को तो सिर्फ़ एक रेफरेंस लैटर चाहिए था वो मैंने दिलवा दिया। उसका काम पूरा हुआ वो चली गयी...पर मेरा काम अब शुरू हुआ—मैं जज़्बात के तूफ़ानों से घिर गयी। ये भी हो सकता है क्या, लल्लन जैसे लोग हम लोगों को हरा दें। वो कौन है?—वो कैसी है?—वो ऐसी क्यूँ है? जैसी वो है।

रमा : समाज की त्यागी एक रूह...समाज को बचाने में लगी है उसके टुकड़े—टुकड़े चुनकर उठा रही है ...एक मुक़म्मल आकार देने—ख़ुद उसके वजूद का आईना टूट चुका है, वो अकेली है इस लड़ाई में, सब हिजड़े, किन्नर अकेले ही होते हैं, गम से बेहद अकेले, घिरे वो चाहे 70 आदमियों से रहें, किसी ने सच ही लिखा...

आईने के सौ टुकड़े
कर के हमने देखे हैं
एक में अकेले थे
सौ में भी अकेले हैं...

मैं अन्दर से छटपटा रही थी—अपने वजूद को टक्कर दिये जाने से तिलमिला रही थी—मैंने पटना जाने की ठानी—जो टेलीविज़न के डायरेक्टर साहब

ने रोक दी थी–बस वही अवार्ड विनिंग डॉक्यूमेंट्री वाली बात...उसे बनाना था मुझे लल्लन की कहानी ...उसे पूरा करने चल पड़ी पटना...

अब मैंने सोच लिया बना डालूँगी लल्लन की कहानी...अवॉर्ड मिले या न मिले। सो मैंने फ़ोन उठा लिया और तय किया अपने मित्र विकास झा को ये काम सौपूँगी। विकास एक खोजी पत्रकार हैं, बड़ा नाम है उनका। मैंने विकास को फ़ोन किया तो विकास ने बहुत ही बड़ी बात बताई... विकास ने कहा...तुम क्या डरती हो इसकी कहानी तो मैंने 20 साल पहले ही लिख दी थी। आ जाओ बस मन में अगर तय कर लिया है, तो पटना आ ही जाओ...मैं सब इन्तज़ाम करता हूँ तुम्हें लल्लन तक मुझे ही ले जाना है। और फिर विकास की डोर पकड़ के, मैंने अपने ख़्वाबों की पतंग आसमान में चढ़ायी और चल दी लल्लन की अपनी कॉलोनी में, पटना। जहाँ एक पुल के नीचे बसी थी, वो बस्ती, पटना पहुँचने पर मैं सबसे पहले लल्लन के पास गयी। लल्लन को विकास ने पहले ही समझा रखा था कि शायद मैं आऊँ, शायद मैं बात करूँ, शायद उसके स्कूल का ख़्वाब जो पूरा होने के बाद भी टूट गया, उस ख़्वाब में कोई मदद कर सकूँ। तो लल्लन ने मेरा खुले दिल से स्वागत किया। मैं पहुँची लल्लन के पास।

सीन-19

[लल्लन बैठी है चबूतरे के ऊपर–आसपास बस्ती है, काम चल रहे हैं। लल्लन अब काफ़ी बूढ़ी हो चुकी है। कुर्ता के ऊपर गमछा पहने लल्लन बैठी है और बोली...]

लल्लन : आओ–आओ रमा दीदी कुछ जल्दी नहीं आ गयीं? मैं तो गमछा बाँधकर बैठी हूँ, सोचा था आओगी तो शक्ल थोड़ी ठीक कर लूँगी। पर क्या कहूँ...मेरी सुन्दर–सी बन्नो...जब से स्कूल टूटा है, मेरा तो दिल ही टूट गया...मुझे तो अधूरी ही समझ लो, पर हाँ तुम कहती हो शायद कुछ मदद करो। तो पूछो क्या पूछना है।

रमा : सबसे पहले तो तुम ये बताओ...कि तुम पैदा कहाँ हुई थीं? किन्नर...यूँ तो मुझे मालूम है लेकिन कुछ याद है...कोई भी बात बचपन की?

लल्लन : *(हँसती हुई)* लो...फिर वही की वही बात...हर एक आदमी आता है, कचरे में फेंके हुए बच्चों का पता पूछ जाता है...भई तुम्हें क्या पता है...अब क्या बतायें ...इस वाले कचरे के ढेर में थे या अस्पताल के शौचालय में मिले थे...या ये बतायें कि कोई हमें म्युनिसिपालटी की गाड़ी के पास छोड़ गया था...क्या बतायें...कौन–सा पता बतायें...चलो तुम्हारा दिल नहीं तोड़ती हूँ...मैंने सुना...बहुत ही साफ़–सुथरी पैदा हुई थी–हो सकता है किसी बड़े घर की हूँ...तभी तो

न...अनाथालय के पालने में एक साफ़–सुथरे कम्बल में लपेटकर फेंक दी गयी थी–

रमा : तो फिर तुम अनाथालय के अन्दर गोद नहीं ली गयीं।

लल्लन : अरे इससे पहले दाई ने किन्नरों को जाके बता दिया जो बच्चा पालने में जायेगा...वो किन्नर होगा। और हमारा ये अनाथालयों पर भी है जहाँ जाकर हम अपना बच्चा ले आते हैं। ऐसा मेरी गुरु माँ ने कहा मुझसे...मेरी भी गुरु माँ थीं। गुरु माँ ने मुझे वहाँ से उठाया–और ले आयी पटना की इसी कॉलोनी में। जब मैंने आँख खोली तो मैं यहीं थी...और यहीं पे जो सबसे पहली बात याद आती है कि मैं कंचे खेलती थी, तो मेरी गुरु माँ ने पीछे से घूसा मारा था कि लड़कियाँ कंचे नहीं खेलतीं। मुझे लड़कों से अलग कर दिया था।

रमा : तो तुम्हारा नाम लल्लन कैसे पड़ा?

लल्लन : लल्लन...हाय...जो हसरतें अधूरी रह जाती हैं, उन्हें नाम दे दिया जाता है कहने तो चले थे सब लोग लल्ला...लल्ला...और नाम हो गया लल्ला से लल्लन ...और फिर वही रहा सारी ज़िन्दगी भर, अब तक। हमसे हमारी बात तो पूछ रही हो...हमारे स्कूल की बात क्यों नहीं पूछ रही हो? जिस काम के लिए आयी हो।

रमा : देखो...लल्लन...बात तो पूरी ही बताई जायेगी न... वरना लोग जानेंगे कैसे, कि लल्लन कौन थी, कहाँ थी, क्या करती थी। तुम्हारा भी तो बचपन था तो पूछना पड़ता है।

लल्लन : देखो...पूछ रही हो तो, इतना ही कहती हूँ कि ये नहीं मालूम कि मेरे माँ–बाप कौन थे। जो भी थे थोड़े साफ़–सुथरे ही रहे होंगे। और उनका कोई–न–कोई अंश मुझमें होगा...तो मेरा मन हमेशा से ही समाज

की तरफ़ था, मैं हमेशा कुछ अच्छे काम करना चाहती थी। जब अपने बर्तन माँजती थी, तो सामने वाली मजदूरन के भी माँज दिया करती...हालाँकि गुरु माँ बहुत ही नाराज़ हुआ करती थीं।

सीन-20

[लल्लन बच्चों को पढ़ाने की कोशिश करती है। सभी बच्चे शोर करते हुए और नाचते हुए चले जाते है। लल्लन कुछ सोचती है रमा की एंट्री]

रमा : मैं अन्दर से छटपटा रही थी, अपने वजूद को टक्कर दिये जाने से तिलमिला रही थी। मैंने अचानक पटना जाने की ठानी। हू–हू जो टेलीविज़न के डायरेक्टर साहब ने रोक लगा ली थी...बस वही...अवॉर्ड विनिंग डॉक्यूमेंट्री वाली बात याद आयी...

गुरु माँ : कि हमारे यहाँ कुछ कम काम है। कोमल–कोमल से हाथ हैं, अभी कुछ और मुद्राएँ बनानी हैं, दिखानी हैं, तुझे नचाना है...हाथ ख़राब मत कर, तू अब से बर्तन नहीं माँजेगी...लेकिन मैं तो हमेशा किसी–न–किसी का कोई–न–कोई काम कर देती थी। मुझे बचपन से ही लोगों का बहुत प्यार मिला था। कोई इधर खिला दे, कोई उधर खिला दे। उस चक्कर में मैं...हमारी जो कॉलोनी है...वो उधर देखो न अब आँख बड़ा के...उधर बड़े स्कूल की बिल्डिंग है। मैं अक्सर उसके बच्चों को देखा करती और सोचती थी कि मेरा बचपन ऐसा क्यों नहीं हुआ। गुरु माँ से बहुत बार कहा...मुझे भी स्कूल भिजा दो...मुझे भी स्कूल भिजा दो...मेरी गुरु माँ ने मुझे दुत्कार के कहा...

गुरु माँ : स्कूल जायेगी...अरे स्कूल में पढ़ाने वाला होता कोई तो मैं किन्नरों का स्कूल खुलवा देती...ऐसी हालत में उन स्कूलों में जायेगी तो सारे मज़ाक़ उड़ायेंगे तेरा...नेकर उतार–उतार के देखेंगें...नंगा कर–कर के देखेंगे...कि तू लड़का है कि लड़की है, या किन्नर है...जायेगी वहाँ...रहेगी तू वहाँ नंगी...।

लल्लन : गुरु माँ की ये बात सुन कर मेरा दिल बैठ जाता ...क्या सचमुच मुझे नंगा कर देंगे, क्यों करते हैं ये लोग किन्नरों के साथ ऐसा...फिर मैं अपने साथ के बच्चों को देखती...मुझे लगता...मैं तो फिर भी इनसे अच्छी हूँ क्योंकि मेरे साथ में जितने भी मज़दूरों के बच्चे रहते थे वो सारे दिन नंगे घूमते थे और जब शाम होती थी तो उनकी माँ नहलाने–धुलाने की जगह गन्दे मटमैले कपड़े पहना देती और एक आदती आता था, उसका सामान ले करके, उसे थमा देती...वो आदमी कभी आता...पेंसिल का गुच्छा लेके ...कभी गुब्बारे का गुच्छा लेके...कभी पापकॉर्न का लेके...और ये बच्चे कीड़ों की तरह गाड़ियों के पास जाते और वहाँ खड़े–खड़े भिखारियों की तरह...

सीन-21

(बच्चे चौराहे पर सामान बेचते हुए)

बच्चा 1 : ए दीदी ले लो न...गुब्बारे ले लो न दीदी

बच्चा 2 : पेंसिल ले लो पेंसिल...

बच्चा 3 : दीदी ले लो न सुबह से कुछ नहीं खाया है भूखा हूँ ले लो न...

लड़की : गुब्बारे वाली...गुब्बारा ले लो...
नट का खेल दिखाते बच्चे और भिखारियों की तरह पैसे माँगते बच्चे...

सीन-22

[लल्लन और रमा जी बात करते हुए]

लल्लन : मैं इनको देखते–देखते बड़ी हो गयी...एक दिन भी मेरे मन में ये विचार नहीं आया कि मैं किन्नर होकर ही मर जाऊँगी–मैं हमेशा यही सोचती...मुझे कुछ करना है...समाज के लिए करना है...बस...आगे की कथा क्या बताऊँ...होंगी कुछ 20 या 22 साल की तब...फिर एक दिन गुरु माँ बहुत बीमार पड़ गयीं ...गुरु माँ से मैंने कहा...जाते–जाते एक काम तो कर लेने दो...मुझे तो स्कूल नहीं जाने दिया...मुझे थोड़ा–सा पैसा दे दो...मैं स्कूल खोलना चाहती हूँ ...अब तो मरते–मरते गुरु माँ भी हँसने लग गयी, साथ में साथी किन्नर भी हँसने लगे...बोले...

काली (किन्नर) : वाह, ये सच्चा ख़्वाब पूरा करेगी...ये स्कूल खुलवा के दम लेगी है न माँ...

घाटी वाली अरे तेरे स्कूल में आयेगा कौन...कोई आने भी नहीं देगा बच्चों को...कहेगा हिजड़े का स्कूल...हिजड़े का स्कूल...दीदी...मैं बहुत–बहुत तनाव में आ गयी मैंने कहा...अच्छा, इनके बच्चे कीड़ों की तरह बिलबिलाते घूमते रहते हैं सड़कों पे। आता है वो नशा देने वाला वो भी पुड़िया दे जाता है, और इनके बच्चे बिना खाये–पिये वहाँ ये बेचते...वो बेचते हैं...वो ज़िन्दगी अच्छी है? अगर दो दिन स्कूल में बिठा दूँगी कुछ सिखा दूँगी, तो आयेंगे नहीं क्या?

गुरु माँ : अरे बिना पैसे कोई नहीं आता...बिना किसी लालच के कोई आदमी किसी के पास नहीं जाता।

लल्लन : गुरु माँ...मैं दूँगी उनको पैसे, मैं खिलाऊँगी उनको कुछ...मैं उनको ख़ूब ख़ुश रखूँगी।

सीन-23

लल्लन : इस तरह एक अधूरे ख़्वाब की तामीर पूरी हुई...क्या बताऊँ आपको कुछ दिन बाद गुरु माँ चली गयीं।

रमा : *(बीच में टोकते हुए कहती है)* माँ चली गयी, तुमने उनका का जनाज़ा देखा? मैंने तो सुना है हिजड़ों की मौत पर बहुत बुरा हाल होता है और उनको छिपा कर ले जाते हैं किसी को पता भी नहीं चलता।

लल्लन : आप तो बहुत कुछ पढ़–सुन कर आयी हैं बस्ती वाले रोये बहुत थे, क्योंकि वो गुरु माँ थीं...उन्होंने सबका भला किया था, लोगों को उधार दे रखा था पैसा–ब्याज भी नहीं लेती थीं...लेकिन जब मर गयीं, उसके बाद उस रात सिर्फ़ हम और एक दूसरे मठ वाले हिजड़े आये और चुपचाप अँधेरे में ले गये जैसी काली अँधेरी हमारी ज़िन्दगी...वैसी काली अँधेरी हमारी मौत...गुरु माँ चुपचाप अकेली जंगल के किसी कोने में जलायी गयीं...शमशान भी नहीं ले जायी गयीं, और रास्ते भर हमने रामधुनी भी नहीं गायी *(लल्लन रोते हुए चुप होकर बोलती है)*। उस गुरु माँ को जिसने हमें माँ की तरह पाला...उनके ऊपर हम थूकते–थूकते गये...उनको हमने चप्पलों से मारा...और कहा...फिर ऐसा जनम न हो...फिर ऐसा जनम न हो...फिर ऐसा जनम न हो...आज मैं बिना चप्पलों के भी थू...थू कर कहती हूँ...फिर ऐसा जनम न हो।

सीन-24

रमा (सूत्रधार) : इस भीकाजी कामा चौराहे का...मेरी ज़िन्दगी में एक बड़ा रोल रहा है। सोनम वहाँ मिली हो तो बात थी, उस चौराहे पर जब भी गाड़ी रुक जाती तो आप तमाशा तो देखते ही होंगे, क्या हो रहा है, इधर हो रहा है, किसने क्या किया है, किसने लेन छेड़ी, कौन लेफ़्ट से राइट गया, किसने हॉर्न बजाया, गाड़ियों के अन्दर क्या हो रहा है, वो सब समझने की जगह है ज़रूर गाड़ी के अन्दर बैठ कर जग का मुजरा देखा। और ऐसे ही मैं उन लोगों को देखा करती, जो बच्चे मुझे तंग करते थे। अब गाड़ी के शीशे बन्द हैं और बच्चे आ रहे, खट–खट–खट...दीदी ले लो न, बुआ जी ले लो न, अच्छी बिन्दी वाली दीदी ले लो न। अब एक गया तो दूसरा वाला बच्चा गुब्बारे लेकर आ गया। अपने बच्चे के लिए ले लो न। अब मेरा बच्चा हो गया बड़ा, हो गया प्रोड्यूसर, उसने अभी तक शादी नहीं की, मैं किसके लिए गुब्बारे लेकर जाऊँ लेकिन वो नहीं छोड़ते, और तो और मुझे कहने में संकोच नहीं, उनके गन्दे हाथों की उँगलियों के धब्बे मेरी गाड़ी के शीशे पर लग जाते, अब बच्चे चले जाते लेकिन उनकी उँगलियों के धब्बे मेरी गाड़ी के शीशों पर रह जाते और मेरा मन मारते थे, ये पॉपकॉर्न बेचते, मैं अक्सर उन्हें सिगरेट पीते देखती थी।

6–7 साल के बच्चे, उन्हें कुछ सूँघते देखती थी। ये बच्चे करते क्या हैं? ये नट बनाकर उनको सड़कों पर नचाते लोग...आख़िरकार ये बचपन का गुलदस्ता बिखर क्यों रहा है। एक दिन मुझे बहुत ग़ुस्सा आया तो आख़िरकार मैंने एक कविता लिख डाली। 'क्यों भड़भड़ाते हैं मेरी कार के दरवाज़े'...और फिर उस कविता की ये परिणति हुई कि वो कविता बहुत प्रसिद्ध हो गयी। दिल्ली के तत्कालीन सीएम ने गिनती भी करा डाली बच्चों की। लेकिन कहने की बात ये है कि मेरी कविता प्रसिद्ध हुई लेकिन बच्चे फिर वहीं के वहीं खड़े मिले जहाँ वो थे। और तो और सर्दी की इतनी ठण्डी रात में भी उनके मालिक नंगा बदन कर उन्हें चौराहे पर खड़ा कर देते ताकि कोई आये तो उन्हें छोटा कोट दे जाये या 100 रुपये दे जाये या 500 रुपये...ऐसा अस्त्र बना लिया है...ऐसा...क्या कहते हैं उसको...औज़ार बना लिया है कि ये अपनों से बड़ों के लालच को पूरा करने के लिए भीख माँगने सड़क पर खड़े हैं ये बच्चे। मेरे मन को बहुत मथते थे लेकिन मथते तो लल्लन के मन को भी थे। मैं वो नहीं कर पायी। इन बच्चों के लिए कोई स्कूल नहीं खोल पायी लेकिन लल्लन ने वो कर दिखाया जो मैं नहीं कर पायी।

सीन-25

[रमा लल्लन के घर]

रमा : लल्लन तुम्हें स्कूल खोलने में बड़ी दिक्कत आयी होगी। बच्चे क्या आसानी से मान गये। टीचर कहाँ से आये।

लल्लन : *(हँसते हुए)* अरे दुनिया के सबसे शैतान बच्चों की बस्ती है ये। सामने वाले स्कूल की एक बहनजी बड़ी मददगार साबित हुईं उन्हीं के कहने पर स्कूल चलाने की कोशिश की।

[लल्लन बच्चों को पढ़ाने की कोशिश करती है]

लल्लन : बोलो बच्चो...अ

बच्चे : आ...

लल्लन : आ...नहीं...अ

बच्चे : आ...

लल्लन : जैसे हिचकी आती है...वैसे बोलो अ...

बच्चे : *(बच्चे ऐसा ही करते हैं)*

लल्लन : अब बोलो आ...

बच्चे : आ...

लल्लन : क...

बच्चे : क...

मराठन काम वाली : अरे ए लल्लन, बच्चों को क्या हिचकी करा रही है। सारा खाना उल्टी कर देगा अभी इसका माँ लोग

आयेगा तेरी ऐसी–तैसी कर देगा। मास्टर पकड़ कर ला। डण्डा लगेगा हाथ में तो पढ़ेंगे।

काली (हिजड़ा) : ए दीदी, मैं बताऊँ मास्टर का पता। वो बल्लू है न बीए पास है बेकार है सारा दिन पान की दुकान पर खड़ा रहता है। दो–चार सौ रुपये दे दोगी तो आ जायेगा पढ़ाने। कहो तो बात करूँ।

लल्लन : अब और पैसा कहाँ से लाऊँगी जो थे वो स्कूल में लगा दिये।

काली : मैं देगी, और नाचेगी, गायेगी और हिजड़े भी कहते हैं हम देंगे तुम स्कूल चलाओ।

लल्लन : तो ठीक है कल से बालू मास्टर क्लास में

बालू की क्लास

बालू : बालू ज़ोर–ज़ोर से पढ़ा रहा है–

उड़न कबूतर चिड़िया वर्ल्ड
मिलकर दूध और दही है कर्ड
लुक देखो आसमान स्काई
गिरना डाउन, उड़ना फ्लाई
बच्चे सब क्लास से भाग जाते हैं

लल्लन : स्कूल बहुत अच्छी तरह से चलने लगा। मेरे बच्चे शैतान थे लेकिन पढ़ने में बहुत तेज़ थे। कहते हैं न ग़रीब का बच्चा पढ़ने में बहुत तेज़ होता है। टीचर की मदद से और बच्चे आये और क्लासें बढ़ीं। बच्चों के माँ–बाप ने भी पैसा देना शुरू कर दिया। सच में दीदी, मेरा स्कूल बहुत अच्छा चलने लगा।

सीन-26

रमा : जो स्कूल इतना अच्छा चल रहा था, जो स्कूल इनाम जीतकर ला रहा था और लल्लन ने अपने वायदे के मुताबिक़ दूर–दूर से बच्चे पढ़ाने के लिए, नये बच्चों के लिए रिक्शा मुफ़्त में फ्री में...ठेला मुफ़्त में फ्री में। और एक एम्बेसडर कार भी मुफ़्त में फ्री जो बच्चे दूर रहते थे उनको लाने–ले जाने के लिए लगा दी। दो बच्चे स्कूल के अन्दर पालती थी एक वो था जिसे पोलियो हो गया था और दूसरा वो जो फिर से कूड़े के ढेर में फेंका गया था। वो पला ही उसके स्कूल में था। और एक वो जो उससे दूर रहता था उसकी माँ से पूछ कर खाना–वाना खाने आता था। हॉस्टल की तरह ढाई कमरे के मकान में उन्हें रखा गया। वो स्कूल लोगों की आँखों में खटकने लग गया। वो स्कूल भूमाफ़िया वालों की निगाहों में अटक गया। वो स्कूल लोगों के दिलों में आग लगा गया और एक दिन...अचानक...अचानक ही रात को डेढ़ बजे लल्लन का स्कूल धूँ धूँ करके आग की लपटो में ऐसा झुलसा कि नामोनिशान तक नहीं मिला। था ही क्या स्कूल में...शुरू–शुरू में तो थीं फूस की छतें काग़ज़ की दीवारें और कुछ टीन के टुकड़े, अन्दर थे कुछ खिलौने और थीं कुछ किताबें और बच्चों के लिए ब्लैक बोर्ड, सब कुछ जलकर राख हो गया। उस दिन लल्लन ऐसे रोयी

ऐसे रोयी जैसे उसके पेट का जाया कोई मर गया हो।

[लल्लन का रोने वाला सीन]

रमा : कहा था न मैंने लल्लन जैसा कोई नहीं...लल्लन एक ख़्वाब थी...बचपन में आपने भी देखा होगा न वो खिलौना 'लुढ़कन चौथ' उसको इधर झुकाओ फिर खड़ा हो जाता है उसको पीछे से झुकाओ फिर खड़ा हो जाता है। पीछे से थप्पड़ मारो फिर खड़ा हो जाता है। अन्दर उसके कुछ ऐसा सख़्त सा कुछ भरा होता था जिससे वो बैलेंस हो जाता और खड़ा हो जाता था। लल्लन भी भगवान का लुढ़काया हुआ ऐसा लुढ़कन चौथ था इसलिए वो खिलौना लल्लन थी जो बार–बार तोड़ी जाने पर भी अपने आप को खड़ा कर लेती थी। मेरी लिखी कविता की पंक्तियाँ उसको समर्पित हैं–

सूर्यमुखी सपना टूटा है
किन्तु अँधेरे को दी आँखें
ताकि हज़ारों सूर्य अजन्मे
इसी कोहरे में भी झाँक जायें।

मेरी लल्लन फिर एक ढोलक उठाकर इस बुढ़ापे में टोली बना कर नाचने निकल पड़ी और फिर उसने अपने तमाम उन लोगों से चन्दा माँगा जिन लोगों ने उसे प्यार दिया था। और मानेंगे...सच में...लल्लन ने वो स्कूल फिर खड़ा कर दिया।

यही नहीं हमारी लल्लन को इस बात का शौक़ था...कि कोई–न–कोई डांस स्कूल ऐसा खोल ले डांस और म्यूज़िक वाला जिसमें बच्चे कला का भी प्रशिक्षण लें। कला से बड़ा प्यार था उसे इसलिए उसने ऐसा सोचा कि क्यों न इन झुग्गी–झोपड़ी वाले बच्चों की होनहार कलाकार होने की ओर

कोई–न–कोई क़दम आगे बढ़ पाये। तो उसने दिन शिक्षा में उन्हें संगीत के लिए हारमोनियम लेकर बिठा दिया। अब हारमोनियम लेकर बिठा तो दिया, सिखाने वाला कौन आये। सिखाने वाले तो उसी के साथी थे। तो भैया काली बैठी मंजू बैठी। काली–मंजू ने सिखाना शुरू किया तो तय यह हुआ कि सबसे पहले देशभक्ति का गाना शुरू हुआ। देशभक्ति के गाने में हमारी काली को कौन–सा गाना याद आया?।

[बच्चे खड़े हैं काली और मंजू सिखा रही हैं]

गाना : चल चल रे नौजवान–2
चल रे नौजवान चल रे नौजवान
तान के सीना तान

बच्चा 1 : *(ज़ोर से)* फट जायें सबके कान–2
ये बार–बार सीना क्या तान रही हो ऐसे चला जाता है क्या सीना फट जायेगा।

बच्चा 2 : देखो लल्लन मिस, ये हमें ऐसे सिखा रहा है जैसे फ़िल्मों में हेलन डांस करती है–पिया तू अब तो आ जा *(बच्चे नाचते हैं)*

लल्लन : अगर बच्चे ऐसा करेंगे तो लोग ग़लत समझेंगे क्यों न नन्द कुमार बैंड वाले को बुला लेते हैं। वो गाना भी अच्छा गाता है।

रमा : बाद में झुग्गी बस्ती स्कूल ने वार्षिक समारोह प्रतियोगिता में...झण्डा ऊँचा रहे हमारा...विजयी विश्व तिरंगा प्यारा...गाकर पहला पुरस्कार जीता तो पूरी बस्ती में हंगामा हो रहा था। पूरी बस्ती में शोर हो गया इतनी दिवाली मनी जैसे आज आईपीएल का मैच जीता हो।

सीन

बस्ती का होगा।

सीन-27

रमा : मैंने सुना तुम्हारा स्कूल एक बार फिर जला दिया गया, फिर वापस खड़ा कर लिया गया...उसके बाद उसमें बहारें होनी चाहिए साथ में ये बात जो बच्चे सातवीं का इम्तहान देकर गये थे उनका फिर क्या हुआ।

लल्लन : उनके माँ–बाप ने उन्हें नेहरू स्कूल से निकाल कर कॉलेज में भर्ती कराया। मैं मुलाक़ात करवाऊँगी और यह भी पता है उनमें से दो बच्चे मैकेनिकल इंजीनियर बने और एक डॉक्टर। एक बच्चा मेरे पास है ब्याह किया। आज एक पोता–पोती है।

रमा : *(दर्शकों से बात करती है)* इस हिजड़े द्वारा चलाये गये सातवीं क्लास के स्कूल से इतना बड़ा काम हो गया। ये तो फूली नहीं समा रही होगी...लेकिन नहीं...यही जीवन की धारा है...कभी आप ज्वार के ऊपर हैं, कभी आप समन्दर के नीचे हैं...इस बार जो टक्कर लगी तो लल्लन बिखर गयी...किसी ने भी ये नहीं सोचा था कि ये भी होगा। उसके स्कूल में बड़े–बड़े नेता भी आया करते थे...शौक़ के लिए, फ़ैशन के लिए...आ के मिठाई बाँट जाया करते थे और कहते थे...लल्लन...तुम्हारा स्कूल हम पक्का करा देंगे...लल्लन भी उनकी अच्छी नकल निकाला करती थी *(लल्लन नक़ल करती)।* लेकिन इस बार जो हुआ तो कोई नहीं आया लल्लन को बचाने के लिए।

ज़मीन के पीछे भूमाफ़िया बहुत दिनों से पड़ा था... सुना है वो बड़े दिनों से ज़मीन को बेचना चाहता था आख़िरकार जब सरकार ने बिल्डर को जज साहब की कोठी बनाने के लिए ज़मीन देने का ऑर्डर दिया तो उस ज़मीन वाले भूमाफ़िया ने वो ज़मीन चुनी जहाँ लल्लन का स्कूल था। वहाँ पर बहुत सारी झुग्गी–झोपड़ी वाली जगह भी थी और लल्लन का स्कूल भी। लल्लन अड़ गयी...धरने पर बैठ गयी, बुलडोज़र के सामने लेट गयी, ज़मीन पर बिखर गयी, किसी तरह क़ाबू नहीं आयी।

सीन-28

माफ़िया जमरूद ख़ान : *(सरदार जमरूद ख़ान का अड़्डा। जमरूद ख़ान गरजते हुए)* अब ये बात ज़ोर पकड़ने लगी—ज़मीन पर क़ब्ज़ा हो रहा है...ज़मीन पर क़ब्ज़ा हो रहा है। यह सारी आग लल्लन की लगायी हुई है एक हिजड़े की इतनी हिम्मत...आज उसको अल्टीमेटम देकर आओ न माने तो मामला ख़त्म करके आओ ...न रहेगा बाँस और न बजेगी बाँसुरी।

रमा : जब कोई नहीं था रात के अँधेरे में लल्लन धरने पर बैठी थी...सब इधर—उधर हुए तो तीन—चार लोग आये उन्होंने लल्लन का वो हाल किया...वो हाल किया कि लल्लन के बचने की उम्मीद ही नहीं रही उसके तुरन्त बाद बुलडोजर उठा और स्कूल पर चल गया...स्कूल टुकड़े—टुकड़े...लल्लन की हड्डी पराली भी बिखर गयी...

सीन-29

[लल्लन को मारने वाला दृश्य]

गुण्डा 1 : साली जमरूद ख़ान से टक्कर लेगी?

गुण्डा 2 : बुला तेरे यार नेताओं को, कौन बचाता है तुझे!

गुण्डा 3 : ख़ुद तो नर्क में पैदा हुई, नर्क—सा जीवन जिया और दुनिया को स्वर्ग बनाने चली। क्या तुझे स्वर्ग ही पहुँचा दें।

लल्लन को मारते—मारते अधमरा कर दिया।

सीन-30

रमा : लल्लन के मृत्यु शैया पर पड़े होने का दृश्य मुझे लल्लन के लड़के ने बताया...जब माँ पूरी तरह टूट गयीं, इतना ख़ून बहा, बचने की कोई उम्मीद नहीं थी, अन्दर इतनी चोट लगी थी, नीचे से ख़ून बहता ही जा रहा था यानी वो हिस्सा...जिस हिस्से को कोई लिंग मानने को तैयार नहीं था...उस हिस्से से लल्लन की जान जा रही थी बहुत कोशिश की ...उसको बचा लिया जाये, लेकिन लल्लन भी अड़ गयी बोली...

लल्लन : मेरी मौत को ही ख़बर बन जाने दो, अब दुनिया के लिए। यहीं पैदा हुई यही मरूँगी, मुझे अस्पताल मत ले जाओ...मुझे अस्पताल नहीं जाना...जब मैं पैदा अस्पताल में नहीं हुई तो वहाँ जाऊँगी भी नहीं मरूँगी तो यहीं।

लल्लन का बेटा : लल्लन माँ मर रही थीं तो हमने राम–राम कहना शुरू किया...बोलो राम बोलो जय भगवान...अचानक मरती माँ ने चिल्लाकर कहा...

लल्लन : चुप रहो, चुप रहो! ख़बरदार, जो उस भगवान का नाम लिया ख़बरदार जो अल्लाह का नाम लिया, मुझे नहीं सुनना किसी भगवान का नाम...मुझे जो बनाना था उन्होंने बना दिया...ले जा रहे हैं ले जायें...

तुम लोग अगर कुछ कहना चाहते हो तो कहो...बोलो ...लल्लन मिस...

बच्चा : लल्लन मिस

लल्लन : बोलो लल्लन मिस...लल्लन मिस...लल्लन मिस

सीन-31

रमा : स्कूल बिखर गया, लल्लन का ख़्वाब भी बिखर गया तो क्या लल्लन मर गयी? इस प्रश्न का उत्तर देने से पहले एक सवाल आप से पूछती हूँ...अगर आप लल्लन होते तो क्या करते? ...अरे आप मेरी तरफ़ खा जाने वाली निग़ाहों से क्या देख रहे हैं? क्या आप ऐसे हो ही नहीं सकते? तो क्या लल्लन को पता था, क्या उनके जैसे और लोगों को पता था... कि वो उनके जैसे हो सकते हैं। ...बनाने वाला वो ऊपर वाला भगवान है...चलिए...आप नहीं लल्लन जैसे...माफ़ी माँग ली मैंने...पर जो लल्लन जैसे होते हैं, वैसे बच्चे आपके भी हो सकते हैं? चलिए...आपके नहीं...इनके...उनके किसी के भी हो सकते हैं? तो क्या इन बच्चों को समाज के बाहर फेंका जाना उनकी सज़ा है? पैदा हम लोग करते हैं, और कचरे पर इन लोगों को फेंकते हैं। एक अनजानी सज़ा भुगतने के लिए...क्यों...आख़िर क्यों? इस पूरे नाटक में यही एक प्रश्न आप से करना है–आख़िर क्यों? आख़िर क्यों? आख़िर क्यों?

[समाप्त]

□□